詩苑風華——臺灣師範大學教授詩詞叢編

尤信雄　著

林佳蓉　主編

尤信雄詩集

臺灣學生書局印行

編輯前言

臺灣師範大學自一九四六年成立至今，已行過七十餘年歷史風華。若溯自一九二二年創設臺北高等學校起算，則有近百年歷史。

臺灣日治時期結束後，因培育中等以上師資工作亟待進行，故當時行政長官公署決定於一九四六年籌立「臺灣省立師範學院」，以承擔臺灣教育工作使命，因此設置國文、英語、史地、教育、理化等十餘科系，以培育中等學校師資。一九五五年「臺灣省立師範學院」改制為「臺灣省立師範大學」，分設教育、文學與理學三個學院。一九六七年改稱為「國立臺灣師範大學」，迄今已擴充至十個學院。

學校成立之初，聘任多位大陸來臺之菁英學者教授，以國文系為例，如宗孝忱、張同光、李漁叔、潘重規、高明、許世瑛、林尹、魯實先等；此外，亦聘任臺籍教授，如陳蔡煉昌先生，共同培育莘莘學子。

諸先生博極群書，學殖深厚，專善各自學術領域之餘，又才兼文雅，能章善辭，彼等既是學者，也是詩人，平日喜好賦詩吟詠，填詞唱和，為其生命情志之抒發，亦有時代風雲，山川錦繡之迹記。作品或取喻幽微，或意存溫厚；藻思或清麗蘊藉，沖淡自然，或沉雄慷慨，曠達高古，青青蔚蔚，樹一代之詩風。

乙未年夏，一日風和煦煦，展讀汪中先生之《雨盦書札》，書以「汪式小楷」撰寫，書風秀逸清雅，文辭率皆雋永，間有詩詞之作，讀之愛不釋手。理應裒輯汪先生詩詞，傳諸後學，使窺紹濡染先生之才性風雅，詩學門徑，方是可寶可貴之事。而如汪先生之並軌前賢，高才秀骨者，臺師大之教授，又何止一二。且筆者受恩於多位師長教誨，留校任教，采錄蒐羅，實有地利之便，若任其日後散佚無尋，豈非憾事。遂興纂輯《臺灣師範大學教授詩詞叢編》之念，時光倏忽而過，至今已三年有餘。

由於能詩善詞之師長眾多，筆者又是獨力籌畫編纂工作，故無法依照諸先生之年齒先後順序編排，乃從熟識師長之作，或先取得文獻之作編輯。又，編纂之詩集，或有疏漏未善之處，請方家惠予指正。除已經付梓之編，日後猶將陸續蒐輯、刊印他作，以廣詩域學林。

叢書編纂過程中，幸賴多位師長與師長親友提供私藏珍貴文獻，俾叢編內容益加豐實完善，筆者銘心感謝。

書法家鄭善禧先生曾書一軸曰：「讀書得趣是神仙。」拜讀諸先生之作，詩趣多矣，筆者有幸沉浸於諸先生廣瀚之詩海，庶幾乎得觸神仙之衣袖乎？得入神仙之境域乎？

戊戌年葭月林佳蓉寫於國文系八三五研究室

凡例

一、本叢書彙輯臺灣師範大學教授之古典詩詞作品，旨在保存上庠詩人創作之珍貴歷史文獻。

二、本叢書之作者以在臺灣師範大學專任之教師為主，亦含曾兼任於臺灣師範大學之教師。

三、臺灣師範大學於一九四六年稱「臺灣省立師範學院」，至一九五五年起改制為「臺灣省立師範大學」，一九六七年改稱為「國立臺灣師範大學」。本叢書收錄之作者，為一九四六年以後任教於臺灣師範大學之教師，而所收錄之作品則溯及作者任教於臺灣師範大學之前的詩詞作品。

四、本叢書所收錄之詩詞作品來源有：（一）作者已刊印之詩詞集與未刊印之詩詞集、詩詞稿；（二）《文風》、《中華詩學》、《國文學報》等期刊之詩詞作品；（三）作者之師友門生等私人收藏之作品。

五、本叢書之編排次第首列作者簡介；而後羅列詩作、詞作；作者本人或編者所作之注釋，繫於一詩、或一詞之後；或有詩詞評語，則又繫於注釋之後。書後臚列作者舊版書之序、跋、題詞、識語、論詩函等，以保留舊版刊印時之史料文獻。

六、本叢書之詩詞作品編排方式，若據舊版之別集輯錄者，仍循其例，或依創作先後順序編排，或按體裁分類。新編詩詞集、未刊印之詩詞稿、與增補之詩詞作品，則盡量以創作先後順序編排。

七、詩詞作品同題之作有不同版本而差異較大者，則於注釋中做說明。

八、輯錄詩詞之刊本、手稿本或有缺字，或字跡漶漫，無從考辨者，用「□」符號標示。詩作標點符號，一律用逗號「，」句號「。」標示；詞作標點符號，用逗號「，」頓號「、」句號「。」標示。

自序

詩肇始風雅，「言志」而「思無邪」，以高潔俊雅之筆抒發心靈之活動，為格律化、音樂性、精緻之藝術創作。在韻文作品中能呈現文學形式與內涵完美之結合，具有形式視覺之美與情韻聽覺之美。詩人染翰，才情不同，才調殊異，各有專擅，而諸美並陳；在古典文學中，余獨愛之。

余之學詩與創作自入上庠始，幸得恩師漁叔之啟發、指導、鼓勵，乃漸有所得，創作日勤。益以在上庠教授「詩學」，指導社團活動「南廬吟社」，與「雲腴詩社」、「停雲詩社」等師生，詩社諸師友之詩學專題討論，作品之觀摩切磋，有助於創作質量之提昇。經多年累積之作品，乃於一九八四年以題耑「西堂詩稿」付梓。一九八四年以後迄二〇一九年所作編入「尤信雄詩集」出版。詩集後期之什皆晚年之作，末八首為懷古感恩而發，「感懷詩聖杜甫」、「感懷詩仙李白」、「讀李義山詩」、「讀東坡寒食詩二帖」，為對唐宋當代宗師之尊崇，最後「永懷恩師李漁叔教授」、「彰商頌」、「師大頌」三首為「飲水思源」感恩之篇，致上個人心靈深處沈摯之敬意與感恩。

二〇一九年元旦　尤信雄　西堂謹誌

作者簡介

尤信雄，號西堂，一九三八年生，臺灣彰化縣人。一九五二年入彰化中學初中部就讀，一九五七年讀至高二時，因健康因素休學兩年餘，由於休學時間超過兩年，依當時制度規定，無法復學，故重新考入彰化高商繼續未完的學業。爾後，於一九六一年以優異成績考入臺灣師範大學國文學系。國文學系畢業後，服預備軍官役一年，於一九六七年進入臺灣師範大學國文研究所就讀，獲李漁叔先生的賞識與指導，以古典詩歌為主要研究領域；並從李曰剛教授研究中國文學史。就讀研究所期間，同時擔任系助教，進而留校任教。他在母校教書長達四十年，開設「詩選」、「中國文學史」、「中國文學史專題研究」等課程；此外，從一九七〇年起至一九九三年止，擔任母校南廬吟社指導老師。南廬吟社成立於一九六五年，初由劉昌星創社，迄今猶為臺灣大專院校歷時最為悠久的古典詩社。尤信雄在詩社設立吟唱組與創作組，以作「大雅之聲」為詩社吟唱、創作之精神標誌。與汪中、羅尚、陳新雄、張夢機等，同為停雲詩社社員。一九八四年曾到韓國啟明大學講學，並與韓國嶺南大學研究所合開課程。尤信雄除教學工作之外，復任僑生輔導委員會主任委員、中等教育輔導委員會主任委員、臺灣師範大學學務長、代校長等行政職務。從臺灣師範大學退休後，轉任文化大學中國文學系與中國文學研究所專任教授，並任系主任與所長，中華詩學雜誌社社長兼總編輯（二〇〇三～二〇〇八年）。著有《桐城文派學述》、《清同光詩派研究》、《孟郊研究》、《葛洪評傳》、《詩歌韻調通檢》、《詩歌教學論文集》、《西堂詩稿》、《中國古典文學論文集》等，又與王熙元、沈秋雄合編有《詩府韻粹》一書。

卷首說明

〔一〕本書收錄作者早期之未刊稿，一九八四年由文津出版社刊印《西堂詩稿》之詩作，與一九八四年以後至二〇一九年之詩作。

〔二〕本書承蒙「臺陽文史研究學會」提供經費補助出版，在此深致謝忱。

尤信雄詩集　目次

三、西堂詩稿後集

一、西堂詩稿前集

春遊二首

其一

郊原漲綠泛新紅，試馬搖鞭笑醉翁。遙指吟邊雙燕子，似曾相識又東風。

其二

綠霧紅煙揖曉峯，尋芳花客影千重。穠華世界真堪醉，歲歲春風展笑容。

【編者注】

〈春遊二首〉作於一九六三年癸酉。又，本集中之〈春遊二首〉、〈苦寒〉、〈秋夜散步〉、〈淡江懷古〉諸詩出自《文風》期刊。

苦寒

天灰意冷暮江前，萬里尖風阻故燕。未識寒天常綠地，已知冰骨向窮年。喜聞孤島千山雪，笑夢九州黃海鮮。痛飲黃龍何計日，風雲一起舉長鞭。

【編者注】

〈苦寒〉作於一九六四年甲辰。

秋夜散步

秋聲滿樹葉生姿，玉海雲清冷露滋。聽到蟲聲情似故，鄉心無盡漏遲遲。

【編者注】

〈秋夜散步〉作於一九六四年甲辰。

淡江懷古

江城曾見舊繁華，新燕可知王謝家。日暮荒江帆影遠，老榕古道夕陽斜。

【編者注】

〈淡江懷古〉作於一九七八年戊午。

讀鏡花緣

其一

鏡花水月自成春，世界琉璃脫俗塵。才子稗官翻新樣，豈關詩力解窮人。

其二

佳人織錦發幽思，山海職方事最奇。空相結緣成少子，拈花微笑幾人知。

【編者注】

〈讀鏡花緣〉作於一九七九年己未。

二、西堂詩稿

卷一

民國六十九年歲旦

歲次庚申

爆竹破舊歲，寒末初得春。淑氣動端月，甲子入庚申。晴齋試栢酒，花間扶醉人。長郊新芽活，歸燕卻煙塵。擾攘四海內，流離為避秦。桃源在何處，乾坤滿兵氛。神州夢裏看，同胞憂倒懸。江山本漢有，王業豈偏安。強援不可恃，中興在舉賢。奮勵啟新運，共赴自強年。

春雨篇

萬壑雲氣動，草木最知音。才滋青春色，過花欲霑人。但恐礙鶯語，無意洗幽氛。白鷺飛漠漠，新禾已欣欣。何憂濕歸燕，澤物到窮邊。渲染皆成畫，隨夢入江南。聖功亦有憾，無由淨烽煙。從來贊化育，盛德驗豐年。

臺北行

青山碧水繞江城。蓬瀛處處起歌聲，東南醉人繁華地，猶似漢家舊帝京。長衢高樓連曲巷。仕女新裝別巧樣。觸目電掣多飛車，行人雜遝相悵望。不夜華燈出霓虹。酒樓歌盡扇底風。海鮮珍羞能饜客，熱門音樂震耳聾。嗚呼疇昔海外瘴癘地。今日喜見太平治。一朝赤縣悲陸沈，翻成桃源避秦帝。嗟呼江城歌舞幾時休。羌笛何人吹樓頭。天外危烽侵海色，青山一髮望神州。

春雷

應時羣陰肅，積風翻燕歸。一聲春氣動，崩雲發神威。送雨助農功，驚蟄畫龍飛。凬凬穿地穴，闐闐開天闕。含潤萬物春，怒拔山川裂。霆轟魑魅驚，電掣砭宿憊。一鳴眾囂失，再鼓發世聵。

雲海

蓬瀛有名嶽，旦暮多奇觀。雲生作潮湧，蒼茫天地間。縹緲群山動，扶桑遙可憐。舒捲成海市，蜃樓結霞邊。牛羊迷野徑，餓虎撲林關。嗟呼塵下世，奇幻栩栩然。

夏夜

日夕餘暑氣，炎宵似晝長。晚風徐動竹，階庭生月光。蛙鼓池中鬧，荷開夜氣香。室空能散熱，心靜生夕涼。對月讀詩騷，拈毫當挽強。幽人宜獨夜，高吟成清狂。

颱風吟

臺灣長春稱寶島。四季花開草不老。婆娑之洋藏不測。風伯風姨多反仄。驚聞颱風一夕來。千村萬落茅屋開〔一〕。狂飈拔樹綠草折。禾黍委地香蕉裂。黑雲紫電宇宙昏。傾河倒海濕乾坤。通寰長衢行人絕，霓虹失色暗千門。不聞歌舞風呼嘯。怒氣厲聲市肆暴。曲街成澤見行舟，瓦木零落市招倒。救災振難多仁人。可憐災黎難舒顰。嗚呼，何當科技制此禍，寶島欣欣得長春。

【自注】

〔一〕　兒時所見如此。

詠懷

我本田家子，少小居江鄉。青山長相望，綠疇到晴窗。耕讀尚知娛，朝朝爭初陽。野處無人事，但見桑麻長。垂釣春江綠，拾穗菜子香。及長事遠行，負笈來江城。江城風日美，客遊多鄉情。青衿送駒隙，鄉居反為客。重以生事繁，遊學得教席。卜居城南隅，常苦形自役。晨興無雞鳴，車馬喧日夕。京洛名利場，素心難安適。憶昨何悠邈，去矣懷簡樸。細雨濕東籬，懷哉種花藥。何當酌春酒，重溫鄉居樂。

溪頭行

停雲嘉友愛自然，欲學麋鹿遊青山。朝別都城不辭遠，風車直到翠微邊。溪頭秀出臨鹿谷，迴崖沓嶂驚凡目。煙霞凌蒼塵世迴，翠影依人生好竹。竹橋虹渡大學池，千雲層巔拔神木。暮靄沈沈怯山幽，涵香竹氣到岑樓。人間最美溪頭夜，月檐烹茶俗慮休。信是桃源在人域，夏日俗客競來集。野風山泉洗客心，景幽怡神自閒適。

人造雨

噫、吁、難呼，奇哉，人造雨。人造之雨誠何物，為霖利物能幾許。古來雨露天所均，陰陽調順占十五。水旱風雨自然生，雷電神威發天怒。舞雲祈天古所聞，千載未聞可造雨。豈知蓬瀛秋來旱無雨，新禾西疇望雲霓。老農苦不稼，萬物需膏滋。旦暮飲水愁無源，皆怨風姨獨來遲。邇來聞道科技能勝天，何須謁廟周歌雲漢詩。乾冰能化雨，雲氣變霆霓。氣象得宜急驅飛機上九霄，呵電鞭雷猶勝綠章羽檄馳。霎時霖雨澤物如膏入，旦喜終朝斜風逐潤吹。嗚呼偉哉人造雨，一朝解旱潤無私。能贊化育事非奇，物理格至無神機。昔我中華文明盛，火藥羅盤術精微。考工製作古稱雄，而今式微反師夷。觀乎造雨可為鑑，重振科技當其時。

芳園雅集

停雲詩社社課

芳園嘉友集，門外無高軒。停雲喜結社，杯酒唱高言。長吟工夫進，新醪生陽春。有歡常盡量，不醉性亦真。嗟彼綴學徒，俚謠欲驚人。隳突甚偽體，騷壇多蕪榛。詩誡吾屬事，傳情義在敦。何當紹絕緒。風雅迴乾坤。

太空梭

山海職方奇事多。登天未聞太空梭。一葦可航窮碧落，元是乘槎到星河。九天沈沈廣寒淨。姮娥飛昇應可信。人間回首一輪生，星月可攬期相贈。一朝太清恣優遊。重回紅塵有客舟。飛騰莫喜紅日近，天上人間兩悠悠。

金馬獎

民國七十年度

金馬獎。金馬獎。第八藝術有金像。江城華夜繁星光。影藝盛事天下仰。戲劇娛人無古今，演藝切磋世所講。老少角逐豈為名，臚唱猶登黃金榜。男女主角最屬目，最佳影片票房通。徐紅秋楓尤出色。封帝王冠本稱雄〔一〕。六朝怪談有本事，早安臺北多歡容。影壇代有才人出，一朝得獎名利從。嗚呼歆歟盛哉金馬獎，倡導育樂有其功。優孟豈弄人，女樂世所鍾。笑言頗合道，應節自有方。異曲多新聲，俚俗自可行。玩心儲神抵日暮，標弄詼諧益倫常。

【自注】

〔一〕　徐楓、王冠雄分膺影后影帝。

詠史

戰國

獨歌獲麟戰國出，天下擾攘無周室。強秦席捲得勢利。六國破滅豈兒戲。從來豪主皆虎狼，自古興亡非關戰。亡國相屬真可哀，舉世賄賂不可諫。列國如林畏暴秦，齊楚千乘竟無人。山東諸侯昧勢利，韓魏附秦終沈淪。燕小敢用武，秦帝亦怔營。趙君殉讒佞，邯鄲難為京。戰國朝廷皆彥聖，元元細民難安命。可憐謀士成沙蟲，天下難識郡國病。賢才鶡冠老江湖，良將讒誅非報應。暴秦積威誡凶頑，列國姑息難獨完。合縱連橫不可恃，六國淺識終自殘。可恨殷鑑無人照，今日天下何不然。

四川大水

西蜀江水初發源，天府之國山川美。奕奕巍巍山送青，江南江北多春水。一朝沈淪山水苦，伐木逐鹿童山死。暴雨怒龍洗血腥，怒聲駭浪噬城市。都江堰毀困老龍，野田漠漠失鄉里。嗚呼何時山青江水秀，錦官春穠發百卉。

放懷

富貴古來誰最賢，放懷何顧一囊錢。酒酣初覺歌喉好，花落方驚綠意妍。人外豈知非世界，山中可信有神仙。滄浪磯畔常垂釣，何用夢中臨日邊。

端居

長夏休暇好，端居日無為。曉窗過戲蝶，砌花向日遲。僻巷無事擾，微吟坐掩扉。驟雨簷溜動，樓外遠山微。詩酒能養性，書中無是非。最愛晚晴美，時聞隣兒嬉。

夜讀

月冷梅影伴書燈，紅泥爐火映霜清。風簾書聲禁朔氣，把卷時覺有古情。焚膏喜對沈沈夜，每向風雨聞雞鳴。

詠杜公

風雅千古有杜甫，命憎文章何齟齬。自謂挺出失要津，名垂無用困龍虎。窮途高歌神鬼愁，寧恨飽死填溝壑。京華憔悴草堂閒，采柏盈掬青衫薄。錦里為農豈小人，遠慚勾漏無靈藥。蜀山青青江水平，萬古詩文長飄泊。浣花溪邊幽居在，杜鵑啼盡有詩聲。詩律精細豈餘事，濟時愛死非爭名。自來豪傑皆窮死，身後美名酬幽辱。少陵千篇真唐詩，風雨淒淒愁來讀。

卷二　近體絕律二十五首

慈湖吟

山光水碧赴慈湖。一燭清光想聖模。四海千秋有遺愛。道途爭說古唐虞。

樓望

軒明氣暖似春融。閒倚晚晴迎好風。新雨時霑一階綠，夕陽又照半山紅。

早春作

昨夜東風入比隣。吹開砌上數枝春。晴窗綠滿蝶蜂鬧，絕勝喧喧車滿門。

淡江落照

寒江古渡水悠悠。水淡仍憐萬古愁。波上斜陽搖不去，餘暉猶帶一沙鷗。

淡海夜泛

風輕一葉正初更。月出寒山別樣明。淡海今宵載歌去，漁燈點點傍潮生。

郊行二首

其一

郊原日暖綠無涯，野路江村三兩家。水盡看雲情更逸，絕勝花下對繁華。

其二

欣欣萬象生春氣，細細青郊麗日遲。麥實秧萌小紅翠，沙清鷗白任輕宜。何憂米賤知無盜，且喜繩平大有為。駐屐每逢田父語，一畦聽唱採薇辭〔二〕。

【自注】

〔一〕故里彰化秀水，物產豐饒，暮冬初春之日，尤盛產碗豆，每見成群村姑於田間採收。戲笑歌詠前後相聞，因憶詩有採薇之詠，碗豆與薇既相類，爰借以歌之。

重過碧亭

虹橋影畔憶前遊。猶見盛愁舴艋舟。別後明潭春似舊，青山脈脈水悠悠。

餞春三首

其一

漸老鶯聲不可聞。摧花蜂蝶似千軍。斜陽不解禁紅落，春色杯中猶幾分。

其二

不信青春逐紅落，誰言青史盡成灰。寒梅可待爭春色，寄語明年應早回。

其三

花飛又唱曲江詩。且惜東風力盡時。無賴春光染烽色，常新時局入圍棋。煙波已釀一春酎，離緒偏縈千柳絲。海外兵氛滿歸路，天涯何忍與君辭。

聞蟬

綠柳高槐作密陰。臨風蟬唱滿園林。費聲朝暮憂勞意，長似騷人吟苦心。

逭暑

炎光寧可逭，閒適自心涼。竹院獨幽坐，微風搖佛桑。

與南廬吟社諸生登白雞山二首

其一

共上青山笑語中。鳥聲細細橘香融。偶然駐屐林幽處，半日優閒共野翁〔一〕。

【自注】

〔一〕過山中農家買茶閒話。

其二

又踏松門塵外蹤。白雲相伴盡高峰。青山插角白雞寺，法鼓聲聲落日紅。

秋柳二首

其一

曾解風流舞腰瘦，斜陽已帶暮煙輕。疏條寧恨依依日，未必青青即有情。

其二

兼送董黃二兄赴韓講學

秋至故人東海去，搵衣傳道到韓庭。西風解有相思否，更遣江城柳色青。

秋晚過圓通寺

搖夢西郊風滿車，寒山古寺夕陽斜。無邊暮色紅塵裏，杳杳鐘聲亂暮鴉。

雨中過草山

霏霏細雨近黃昏，冷漠山光曲抱村。秋晚尚憐花滴淚，風枝應有杜鵑魂。

煎茶

蟹眼累累似貫珠，龍芽雀舌笑相呼。遙知凍頂旗開處，小摘憑誰薦玉壺。

寒夜口號

寒光寥闊島雲愁。朔氣無邊動九州。海角夜吟無覺冷。獨惟熱血擁心頭。

詠梅二首

其一

天寒玉骨人爭瘦，自古清奇出雪根。夢裏江山餘此物，清詩月下為招魂。

其二

疏影暗香真靜好，力回歲律轉乾坤。天涯聽唱梅花曲，雪萼霜枝有國魂。

讀洛神賦

通谷依然不見人，漳河流盡古時春。陳王七步詩遲就，豈得江干賦洛神〔一〕。

【自注】

〔一〕陳王千古捷才，幸而七步詩成，設若遲就，則已被害，豈得歸賦洛神。

大雅之音序

師大南廬吟社爲中國古典文學會舉辦古典詩詞「大雅之音」吟唱發表會，適寒流襲境，感賦此篇以爲序。

三唐詩氣九州横。大雅新聲韻自清。一室風騷禁朔氣，千秋誰解建安情。

卷三　近體律詩十六首

春雨

霏霏細雨浥輕塵，煙濕雲生野色新。千里遠芳侵古道，一彎垂柳動芳津。紅樓望冷餘詞客，紫陌香飄似淚人。何用多情悲晼晚，滿川花氣駐青春。

牡丹　有序

臺灣常綠之地，百花繁盛，惟獨牡丹難見，近有好事者自東瀛携來數本，聞係唐苑舊物，因憶沈香舊事，爲賦此篇。

蓬萊常綠地，未識有天香。一蘂分唐苑，千齡憶帝鄉。豔能銷國破，瘦豈為神傷。終願棲鸞鳳，春姿日月長。

奉和熙元學長春日見寄

東風薰客亂愁絲，蝶夢初回動曉曦。綠水無波春蕩漾，晴窗引筆意參差。香塵未散繁華事，朔氣偏欺風雨枝。天外危烽侵海色，翠樓羌笛是誰吹。

奉和夢機登草山詩

搖落寒山餘黛色，嵐光萬疊欲霑衣。繁櫻夢遠春何在，冷瀑聲高語漸微。半嶺斜陽為客駐，疏林棲鳥共雲依。相看杖藜尋幽處，已有清吟出翠圍。

落花

故林花動到春城，經眼繁華難繕營。紅落眉端驚蝶夢，綠滋客裏畏鶯聲。未成國色能無恨，已作春泥翻有情。晼晚佳期連日賞，蜂閒蜜冷解餘酲。

湖上

遊日月潭

風車搖夢到魚池，耶美傳聞事亦奇。日月光華宣古愛，湖山靈氣要新詩。明潭水落蠻歌歇，玄寺林幽法鼓遲。旦喜層巒入腸肺，明朝載酒到雲涯。

把酒

塵事難安適，愁來酌老春。舉杯成快事，讀易有餘醇。一醉天地濶，獨行才性真。陶公神自在，籬下且相親。

壽景公夫子七十嵩慶

海上漆園生古春，每從絳帳見精神。八千為壽椿非老，七十從心性最真。早著功名榮利淡，猶耽詩酒好篇陳。化霑清露多桃實，共祝黃眉一展嚬。

【編者注】

〈壽景公夫子七十嵩壽〉作於一九七九年己未。

舟渡

日暮過淡水

古渡江城外，寒山枕暮流。風輕縱一葦，水淡滌千愁。漁火遙堪畫，夕陽斜易收。華燈逼海氣，歌吹滿江樓。

中秋對月

是夕風雲不定，月色出沒，縹緲恍惚，若在有無之中，於是悵然有懷。

萬里風雲夜，江城獨倚樓。天涯共悵望，桂魄不應羞。花月原非夢，江山偏是秋。惟求此夜好，休怯照神州。

壽錦公夫子六秩華誕

大賢風骨自嶙峋，槐市談經甲子新。學博東瀛宏我道，德通北海贊彝倫。斯文可作鳴周鐸，夫子無為轉大鈞。扳桂化霑稱濟濟，瓣香歌雅舉觴頻。

【編者注】

〈壽錦公夫子六秩華誕〉作於一九八一年辛酉。

登高

天涯雁過還佳節，山水蒼涼生九州。悵望千秋想陶令，登臨異代失風流。清樽自出重陽意，寒菊猶開舊日幽。冠帶已隨西域變，無由落帽思悠悠。

悼良樂社友

詩人事業苦，忽作九泉遊。邱原難再起，淮水自東流。斷渚幽蘭死，停雲苦雨收。儀型藹如在，梁月思悠悠。

奉送雨盦師聘韓講學

風雅通無極，衣冠出上庠。吟從東海去，書到異方香。客館寒花發，燈檐清酌長。春帆細雨足，何日奉吟觴。

【編者注】

〈奉送雨盦師聘韓講學〉作於一九八一年辛酉。

賦呈創公榮登政院副揆席

亨衢龍躍徵敦化，勤政三年勳業成。報國憂時真漢相，潛心好學到公卿。田家積德生人傑，鳳沼吹笙護懿聲。每向高齋親晚榼，更期鯤化入鵬程〔一〕。

【自注】

〔一〕　鄉長邱創煥先生榮膺行政院副院長。

卷四　古體六首

東坡赤壁泛舟後九百年作

白露橫江赤壁清。縱情一葦江月明。舉酒高歌窈窕意，悠悠寒簫客心驚。水月異代各有主，安得共適結詩盟。悵望千秋驚一瞬，物我無盡想幽情。東坡意氣真豪客，憑虛抱月濯素魄。長江無窮石不改，江山如畫豪氣在。故壘一闋動乾坤，大江東去氣如海。遺響悠邈託悲風，斷岸千尺俯幽宮。回首江山不可識，但見驚濤裂長空。蒼海一粟真如寄。江聲猶帶千古氣。一瞬九百歲月流。天地偏入宋玉秋。西望神州愁眉外，何當赤壁泛輕舟。

伯元學長贈薛濤箋

伯元浮海香江前，講學詩酒皆稱賢。停雲一別嗟伊阻，千里寄我薛濤箋。淺紅小彩松花紙，猶見佳人拂朱絃。裁書供吟真雅事，寒墨寫來色猶鮮。錦江南岸百花溪，玉女汲井搗紅泥。蜀中才子本風雅，裁箋酬獻小字題。華陽高樓吟詩處，女冠謝濤事亦奇。悵望千秋風流遠，撫箋低吟日暮時。

【編者注】

〈伯元學長贈薛濤箋〉作於一九八二年壬戌。

食鰻

蓬瀛多食客，珍羞出海鮮。燒考有鰻鱺，脂膏成體圓。有雄豈無雌，滑溜藏深淵。非龍亦非蛇，牙祭上綺筵。斗酒不失德，食鰻非其愆。雲臺憂民食，高議梅花餐。鮰鰊成滋味，投箸良獨難。時宴宜此物，小酌列拼盤。美食原其性，飲者皆稱賢。嗟呼食鰻鱺，偉哉食為天。

韓國崔勉庵先生嶽降一百五十週年吟懷

日俄本豺狼，韓士多慷慨。勉庵真國士，節義見忠愛。乙巳嬰國變，正氣凌海岱。孤憤作南冠，持節動一代。奮欲舒國步，文山千古慕。難補女媧天，歸骨盡縞素。貞氣護彝倫，性理化黎庶。偉哉崔先生，百世有慶譽。

敬挽景伊師

大雅竟云墜，天亦喪斯文。漆園終埋玉，龍化已成雲。春盡程門雪，馬帳委清塵。侍酒憶坐風，千古氣如生。執經每問字，愧不能悟新。海上傳六藝，儒門霑化清。風儀稱國士，早年錫殊勳。曾持文信節，蓋棺護廉貞。雨暗驚蘭摧，靈椿哀落英。直氣逼故國，何待賦招魂。

【編者注】

〈敬挽景伊師〉作於一九八三年癸亥。

阿里山紀遊

蓬瀛神仙地，海上多名山。阿里真偉嶽，秀拔絕臺員。春豔嶇嶔美，風車似飛鳶。盤旋驚疊嶂，卻顧無平川。始悟登蜀道，古人良為難。煙嵐縹緲起，忽覺日月寒。遠袖霾海氣，近湍有飛泉。巉巖峻岅皆怵目，千尋無徑唯古木。落雲軒外來清風，談笑指顧物色逐。雲霞明滅誠可睹，丘壑一色出塵土。峰轉瓊樓忽當前，元是月臺自娟娟。回首人間十萬丈，欲携詩囊到星躔。逸興彌壯欲飛去，且揮吟袖拭穹天。林壑冥冥夕靄收，獨立靜觀鏡象幽。神木勢拔守清夜，秀椏箕張指斗牛。寂寂春山空夜色，欣欣域內萬慮休。山莊四更扣門急，同行相呼觀日出。仄徑逶迤燭火明，扶老孩提似朝佛。又疑春田大出獵，寒光朔氣割肌骨。松間冷月翻失色，觀日樓頭陰風烈。祝山沈沈萬頭動，遠望玉山唯積雪。曉氣隱隱生，暘谷遲遲明。曙景何難變，霞舉萬目凝。鏡開驚一瞬，輪湧咸池清。卿雲成波濤，疑是海日生。麗空真暵暵，浮彩猶昕昕。鵠立延頸宿願償，觀日如此寧非奇。名嶽勝景得其一，餘興半日遊屐宜。驚目晴光染蒼翠，清氣石徑動幽思。數聲鳥語不知處，猶愛花香渡新曦。謝屐試移足幽探，綠隱霜鏡姊妹潭。姊妹情深抱節死，林花幽幽春色酣。可憐佳人美如水，猶聞高山歌壯男。歌聲漸渺松徑長，忽聞鐘聲何處響。慈雲玄寺上靈峯，幽光時照青苔上。春院參禪對落花，悠悠更有紫霞想。石徑又斜雲嶺寒，揮杖轉眼別有天。秀然一樹三代木，生生不死四千年。三代同枝關倫理，八千靈椿事非玄。一徑好景到賓館，滿庭繁櫻最驚眼。朱臉醉日漸流霞，嬌春意態多情款。一日閒遊圖畫間，名山靈氣洗俗眄。

卷五　近體十三首

觀荷二首

其一

露點圓荷冉冉香。紅渠凌綠壓池光。曉園初覺風波淨，坐看田田翠蓋張。

其二

朱欄迢遞綠參差。香暖千莖魚戲知。秀色凌波空絕世，芳姿未許倚秋池。

酒邊三首

其一

蟹肥膏染菊花天。性拙由來怯綺筵。賸有詩情禁朔氣，杜康偏愛逼窮年。

其二

秋來欲飲讀離騷。屈子獨醒卻濁醪。漁父清歌寧足論，可憐忠愛不能逃。

其三

蟲飛有託愛吾廬。閒倚東籬讀我書。千古多情陶靖節，賢愚傷子舉杯無。

榴火二首

其一

奇質幽姿入牖青。分根夷壤植中庭。燃燈照客江南夢，磊落朱葩幾點星。

其二

丹鬚玉潤本清純。每恨花開不及春。隣院荷香薰酒面，一株榴火照幽人。

奉送雨盦師講學香江

桐城風雅久因依。斗酒揮毫愧未期。移帳香江吟旆動，墨傾珠海滿新詩。

秋月二首

其一

江城夜靜一輪安。影瘦疏桐掛玉盤。明月由來不改色，高樓自古空自寒。

其二

桂香清露金波滿。影冷關山每獨看。此恨不關圓與缺，人間自古有悲歡。

壽戎庵詞長六十大慶

西蜀靈椿別有根。岷江春色作佳辰。花開甲子種仙藥，詩引松齡通酒神。滄海明珠風雅在，眉山豪氣歲華新。停雲結社光吾道，共舉霞觴壽者仁。

【編者注】

〈壽戎庵詞長六十大慶〉作於一九九三年癸酉。

夜飲

沈沈清夜燈檐淨，春酌微傾獨醒時。喜得金樽頻對月，何傷白首苦吟詩。海棠初發東坡宅，寒菊長依彭澤籬。夢裏江山共一醉，酒鄉何待展愁眉。

溪頭衫林溪作

杉林一宿生幽境，劇夢亂知靜吾心。域裏風雲本無色，眼前山水有清音。一谿碧草梳時慮，幾點丹楓照海襟。旁若無人唯鳥語，桃源何誌自深深。

詠史八首

屈原

澤畔行吟非楚狂，靈修千古自堂堂。汨羅忠愛流不盡，江蘺獨秀為誰香。

項羽

叱咤風雷意氣昂，三軍勇奪力難量。楚歌寧斷霸王業，千古惟傳仁者昌。

蘇武

封侯事小品本清，庭折天驕持漢旌。牡羊未出威儀在，海上風操凜凜生。

杜甫

人間幽辱見文章，詩國無雙一草堂。老馬由來古道死，滄江千載九回腸。

岳飛

怒髮衝冠志士傷，河山還我見忠良。燕雲唾手被讒死，萬古惟哀一鄂王。

文天祥

星月長昭河嶽青，輸忠末世豈零丁。賢書早讀惟求死，正氣高歌風雨聽。

鄭和

鄭和功在西洋下，威鎮殊方漢使前。萬里驚濤輸壯志，千秋海業一帆先。

鄭成功

孤忠浮海建東寧，喜睹臺員有漢庭。恢復元闕吾屬事，擎天長憶鄭延平。

讀杜工部集

長宵風雨苦，千首最堪憐。意摯寧回首，襟開勇著鞭。鷹鸇宜效力，王道可回天。萬古惟忠愛，高懷窮益堅。

三、西堂詩稿後集

文大夜中文系同學卒業賦此爲贈

攻木青衿業，篤志卒有成。爭辰窮黃卷，繼晷有書燈。大廈書聲滿，吉林月色清。君子重經濟，才德無虛名。會當濟蒼海，英氣九州橫。

【自注】

作於民國七十一年歲次壬戌孟夏。

恭祝高師仲華八秩嵩慶敬步八十書懷原玉

高郵絳帳在龍泉。儒雅風流真謫仙。北海賢能共景仰，南雍偉駿早騰騫。八十椿茂同根種，百萬論文已梓鐫。國故發皇章氏業，瓣香歌雅自綿綿。

【編者注】

〈恭祝高師仲華八秩嵩慶敬步八十書懷原玉〉作於一九八八年戊辰。又，〈恭祝高師仲華八秩嵩慶敬步八十書懷原玉〉、〈有夢〉、〈苦旱〉、〈停雲雅集〉、〈桃源〉、〈回顧兩岸五十年文學學術研討會有感〉、〈卜居華岡〉、〈夢機兄寄六十以後詩集感賦奉贈〉、〈恭祝爽秋夫子八秩嵩壽〉、〈觀世〉、〈秋荷〉、〈悼張仁青教授〉、〈停雲詩社藥樓雅集〉諸詩出自《中華詩學》期刊。

有夢

齋中倦把卷，何人蒸黃粱。未授江淹筆，初聞屈草香。已離混沌世，喜入華胥鄉。願為漆園吏，不作一楚狂。劇夢驚亂知，化蝶亦何妨。

【編者注】

〈有夢〉作於一九九四年甲戌。

苦旱

雲霓久失傷民望，畏日槁苗需舜霖。神力何當順民意，無聲潤物綠深深。

【編者注】

〈苦旱〉作於一九九四年甲戌。

停雲雅集

冬至寒威生，停雲嘉友集。上庠多勝流，筆陣護雅什。高吟接芳馨，古歡入胸臆。寒宵挹清樽，風月共詩入。力學護斯文，江城吟聲急。

【編者注】

〈停雲雅集〉作於二〇〇〇年庚辰。

桃源

五溪衣服遠，臨岸羨桃花。笑語陶彭澤，逃秦有幾家。

【自注】

庚辰冬至後一日賦古近體各一首謹呈　停雲諸師友斧正。

與諸生共詣草堂

錦里浣花溪水光，幽篁娟靜晚薰香。草堂寂寞詩聲在，悵望千秋忠愛長〔一〕。

【自注】

〔一〕　辛巳夏日與諸生共詣成都草堂感賦七絕一首。

回顧兩岸五十年文學學術研討會有感

文章海內動風雷，大雅論文寒氣開。海峽相望五十載，天公一體視群才。

【編者注】

〈回顧兩岸五十年文學學術研討會有感〉作於二〇〇三年癸未。

卜居華岡

磺溪流日夜，長伴雙溪側。雖無三徑資，草山有嘉色。陽明翠可團，華岡黌宇列。肯堂構上庠，書聲琅琅悅。窗外白雲翔，學中隱城闕。仙家羨幽居，揮絃送日月。自茲遠塵囂，憂勞喜得歇。

【編者注】

〈卜居華岡〉作於二〇〇三年癸未。

夢機兄寄六十以後詩集感賦奉贈

天將大任苦心志，風雅淪喪道可珍。觀看橫流不足懼，布護斯文皆曰君。憶昔墨堂陪晚榼，儕輩論詩早出群。披卷依依思故人，故人別來有幾春。城隈倚詩為活計，諷詠甲子已翻新。艱難氣增彩筆在，坐吟高歌動鬼神。古來溫柔本無怨，詩圃早已種靈椿。

【編者注】

〈夢機兄寄六十以後詩集感賦奉贈〉作於二〇〇六年丙戌。

恭祝爽秋夫子八秩嵩壽

碩儒閩侯有，選學尤稱精。上庠擁皋比，桃李滿瓊瑛。海屋添鶴算，日月本高明。仁者有補報，壽域自和清。靈椿千尋碧，蟠桃晚更紅。雲山風度在，紫氣通南瀛。棠棣霑雨露，私淑感先生。春暖期永駐，康彊舉兕觥。

【編者注】

〈恭祝爽秋夫子八秩嵩壽〉作於二〇〇六年丙戌。

觀世

浮生豈是夢，世事如弈棋。江山寧無恨，百年不勝悲。人心非不古，金風實難違。功利成世界，仁義日日微。感時每驚骨，悵然對斜暉。

【編者注】

〈觀世〉作於二〇〇六年丙戌。

秋荷

疏影難搖翠色空，凌波香罷墜輕紅。天涯悵望唯騷客，氣暖容光伴好風。

【編者注】

〈秋荷〉作於二〇〇六年丙戌。

悼張仁青教授

梅山已逸世，文苑失驥騏。斯文憎命運，斯人有斯罹。彩筆才難盡，美名當世知。惜天不遺老，一年臻古稀。才高難為偶，身後無累遺。已騎黃鶴去，詩魂伴春歸。

【編者注】

〈悼張仁青教授〉作於二〇〇七年丁亥。

停雲詩社藥樓雅集

玫瑰山城幽，停雲群賢集。彩雲氣象高，歲寒催健筆。藥樓有詩圃，師橘得安吉。座上皆高才，結社已而立。風雅吾屬事，憂時念民疾。

【編者注】

〈停雲詩社藥樓雅集〉作於二〇〇八年戊子。

紀念師大大師程發軔教授

江漢碩儒在龍泉。上庠振鐸澤綿延。師大大師光師大，培育英才年年年。

辛卯元日過永明寺

陽明春初暖，日月生佛光。曉鐘開寶殿，頂禮最勝香。禪淨松柏綠，祥雲緣寺翔。霜盡花已發，開襟俯城鄉。元日法輪轉，堯心國運昌。

春雨

綿綿春雨細如絲，潤物無私最得時。草綠禾生滋悅氣，年豐造化喜相持。

登熊空山林

風車搖夢到熊空，無價青山納腑中。林靜氣清塵世遠，晚鐘杳杳夕陽紅。

寒夜國家音樂廳聆巴洛克樂團演奏

寒流籠巴洛克夜，聆威尼斯嘉年華。韋瓦神韻作韶樂，巴赫家族真樂家。大調小調落珠玉，古提琴大雅亨嘉。快板慢板鳴金石，舞曲幻想綻奇葩。古來禮樂滋教養，知音安和德無涯。寒夜再聆白雪曲，滿堂陽春紫氣加。

右辛卯元月所作古近體四首

冬至初有寒意

海嶠冬候晚，地暖不見霜。初寒期開泰，佳節生一陽。日暮黃花瘦，遲遲此夜長。邇來詩情懶，寒宵檢錦囊。苦吟宜獨臥，笑對后山牀。

感懷詩聖杜公

自來詩是杜家事，悲天憫人憂患多。儒冠誤身終稱聖，彩筆驚人語不休。詩律精深切國事，國破軍聲動山川，朱門肥甘路饑寒。漂泊西南天地遠，浣花溪邊種藥欄。萬里秋風扶衰病，天涯落日壯心驚。草堂秋風一時破，獨憐風雨寒士苦，廣廈萬間眼前横，艱危受凍無人問，留滯湖湘氣益增。已登絕頂眾山小，致君堯舜誠難求。蜀山青青錦江流，草堂風雅自千秋。

【編者注】

〈感懷詩聖杜公〉、〈感懷詩仙李白〉、〈讀李義山詩〉、〈讀東坡寒食詩二帖〉四首作於二〇一七年丁酉。

感懷詩仙李白

敏捷千首詩無敵，飛揚拔劍自為雄。京華憔悴夜郎去，未得丹砂成仙翁。蜀道難於濟滄海，長風破浪竟成空。太白詩聲動天下，千古比肩唯杜公。

讀李義山詩

樂遊原上意難適，黃昏朦朧染落紅。繁華難追鶯聲歇，碧樹無情搖東風。錦瑟可彈華年逝，莊生漆園自稱雄。江湖惜歸髮未白，鵷雛棲梧豈途窮。漂泊天涯彩筆在，千古詩聲接杜公。

讀東坡寒食詩二帖

才高性真一東坡，春雨阻江在黃州。寒食煮菜濕葦竈，懷瑾抱玉無怨尤。二帖揮筆隱神秀，謫宦萬里猶出遊。嗣宗早恥窮途哭，東坡豪氣蓋九州。

永懷恩師李漁叔教授

臨沂曲巷隱逸氣，臥龍鴻儒有幽居。谷風習習詩聲美，高才諸生不忘塗。花能延年詩增壽，上庠振鐸紹聖謨。湖湘孕奇懷騷氣，才雄博學今古殊。出唐入宋兼齊梁，弱年染翰已握瑜。遊學東瀛眼界開，國難棄筆軍聲動，萬里戎機氣悲壯。夜吟不寐無紙筆，盈篇詩卷浩氣回。峭秀俊拔岑嘉州，書生報國稱雄魁。神州變色渡臺瀛，回首鄉夢阻鄉情。遺興抒憤三百篇，憂時念亂杜少陵。詩力雄健尤深摯，清遠動人婉約情。餘事書畫酬彩筆，法書非瘦存金體，畫梅寄養胸中春。墨堂詩學澤三臺，溫柔敦厚還本真。一代宗師詩聲在，風雅綿綿護斯文。

【編者注】

〈永懷恩師李漁叔教授〉作於二〇一八年四月。

彰商頌

余一九六一年卒業於省立彰化高商。彰商為臺灣四大商業高職名校之一，培育殊多財經人才，高級企業主管，及各領域精英。余忝愧其列，飲水思源，爰為作頌，以誌之。

蒼蒼卦嶺，巍巍彰商。

雲雀之上，好漢坡長。
俯視彰鹿，財經學堂。
名師才學，啟迪智商。
芸芸學子，勤勉有成。
盛哉彰商，奉獻職校。
教澤谷風，培育精英。〔一〕

【自注】

〔一〕彰商位於彰化八卦山雲雀崗上，上山必經千公尺好漢坡，雲雀嚶嚶，俯視彰鹿平原。

【編者注】

〈彰商頌〉作於二〇一八年十二月。

臺師大頌

二零一九年元旦作

和平東路日初紅，上庠教鐸振曉鐘。紅樓書聲江城頌，教育之光世尊崇。文史大師傳才學，藝術碩儒多稱雄。音樂名家聲鍾磬，工業職教才藝隆。理化科技亦不凡，奧克競賽得獎豐。偉哉師範肇奇蹟，培育精英有其功。領域雖殊教澤融，奉獻社會進大同。

【自注】

臺師大為臺灣早期培育中等教育師資之「師範大學」，培育無數之優良師資，在城鄉之間教育出很多優秀人才成為各領域、各階層之精英。此即為「師範教育法」所造成之「教育奇蹟」，進而造成臺灣之「經濟奇蹟」。使臺師大成為臺灣之「教育燈塔」，引領臺灣邁向開發國家。「新大學法」實施後，臺師大已脫胎為一所多元而保有文史、教育、運動、藝術、音樂特殊領域之名校，並繼續邁向國際頂尖大學之大道，在百年校慶來臨之際，將能凌峰登頂。

詞作

菩薩蠻

繁華事散芳菲歇。茫茫水浸江城月。霧岸送簫聲。小樓燈半明。　杯深人不醉。紅燭教垂淚。舊恨逐新愁。還如春水流。

附錄：序跋題辭

一、序

一九八四年

羅尚〈西堂詩序〉

彰化平原，開闢甚早，二鹿之號，繫於人文，志乘所書，科第鼎盛。鍾靈毓秀，三百餘年，往昔櫟社名賢，多隸斯邑。光復以後，政治民主，民生富裕，蒼蒼卦嶺，浩浩磺溪，居要路津，大有人在。而藝林好手，上舍師儒，濟濟人才，難以指數。

若吾畏友尤西堂教授者，為彰化之望族，當代之宛陵，力拯西崑浮艷之體。其詩遠淡清越，誠摯微婉，即之也溫，味之彌永，蘊才不露，理趣斯高，書卷紛陳，氣運生動，妙緒靈襟，不假閉門索句，獺祭成篇。此乃往還酬唱之間，切磋琢磨之際，所見如是，廣坐道及，朋輩皆曰然。若乃文質彬彬，大雅玄度，皋比講貫，鼓扇芳風，造士成材，又多有為人師表者。興於詩，立於禮，效驗益彰，其於詩用功益見邃密。觀其情動言形，理發文見，負聲振采，若可踪跡焉。術業所專，聲光自遠，與國南韓，禮聘講學。廣吾道於雞林，事又勝於白傅。祖帳既陳，行李載道，感念交歡，不可無言，因綴文為壯行色，兼序其詩云。

王熙元〈西堂詩集序〉

詩者，蓋出於性情之正，而詩人則稟於天地之清者也。苟非性情中人，曷有真詩？又焉得集天地之清、而創為文苑之菁華乎？吾中華民族，一深於詩之民族也。數千年以降，自虞書「詩言志」、尼聖「思無邪」、與夫「溫柔敦厚」之旨，世世綿傳不絕，此華夏詩學精神之傳統也。

臺灣雖孤懸東南海隅，以久受中原文化浸染，故早期即文風鼎盛，詩家輩出，臺南連雅堂先生嘗有「臺灣詩乘」之作，紀述綦詳。歷來民間詩社之多，吟詠之盛，固不遜於吾湘，且駸駸乎有冠於全國之勢。雖久受異族統治，而吟風未嘗稍替，蓋詩魂即國魂，此吾民族精靈所在、至堪寶重者也。

自中原板蕩，神州陸沉，衣冠文物，薈萃蓬瀛，而騷人文士，亦相與渡海東棲，蔚為一時之盛，遂弘開詩運，播中興之鼓吹，揚大漢之天聲。益以教育普及，社會進步，省籍青年，俊秀之士，層見疊出，如佳木葱蘢，蔚然可觀！惟篤好斯文，詩才傑出者，尚不多覯，此繫心詩教，扶輪大雅之士所深憂者也。

彰化尤子信雄，余同門詩友，先師　李漁叔先生高足也。稟清逸之姿，賦俊拔之才，與永綏張子夢機，同受吾師賞異，誠師門之龍象也。余與信雄，先後負笈於師大國文研究所，同遊於花延年室，同任母校教席，於今二十年矣！因好尚相同，而過從復密，故知之甚深也。

自　漁師捐館，門牆冷落，詩友星散，而余與夢機、信雄諸朋輩，深懼風雅墜亡，欲延一線微脈，嘗共組「風社」，時相唱和。近年復與履安、戎庵、伯元諸詞長同組「停雲詩社」，社課尤勤，或舉酒交歡，飛花醉月，或煮茗雅聚，飄雨灑塵，而余與信雄，皆共此良辰，同挹清芬。

信雄為人，風神俊朗，詩亦如之，若松間明月，石上清流，筆致醇雅，情味雋永，隱然有義山、白石之餘韻。而書法尤工緻，娟秀中自有挺拔之氣，蓋詩書皆深得　漁師之清峻，而神韻尤近之。每展讀其瑤篇琬章，未嘗不驚歎其才，而深慶師門之有傳人也。

信雄執教上庠，主數校詩學講席有年，教澤廣被，裁成甚眾。間嘗著論說詩，亦深造有得，尤於清代同光詩派，研析精深，又於桐城文派、湘鄉文論，皆探討入微。復指導師大南廬吟社，培植青年靈根雅興，啟誘後學，有足多者。頃集其平日詩作，刊印「西堂詩集」，屬余為序，因述所感及相與過從之經歷，兼寓私衷之有望於信雄者：纘師門之遺緒，承鄉國之詩統而發皇之，庶能振興詩教，振起國魂，斯不負吾輩書生之筆也。中華民國七十三年三月四日同門弟湘鄉王熙元謹序於臺北景美素心樓

張夢機〈西堂詩稿序〉

癸卯之秋，余始從湘潭李漁叔先生游。載酒問字，月必數往。嘗於座間獲識同門尤君西堂，白袷韶顏，器局雋逸，恂恂儒雅，以是交纔傾蓋，而心竊美之。翌春，偶讀中華藝苑，見所為元日花延年室看盆花長句，雖初試裁篇，而通體穩愜，自有情致，溢於楮墨。視流俗語木聲稀，以飣飣為詩者，何啻雲泥之間耶。昔人論琴，謂初下指一聲不合，即終身無復合理。今西堂偶一鼓之，居然審音度節，諧龢宮商，此非天授而何。余

既忻慕其人，復奇其才，遂與定交。

後數年，西堂獲聘為國立師範大學都講，以詩經、唐詩課諸生，講貫之際，固未嘗不孜孜為學。既穿穴箋疏，沉潛經義，復篤好孟軻之書，久之縱橫演迤，自屈宋班揚而下，靡不漁獵。於是所蘊積者益深而且厚，而詩亦以此大進。

己未夏，汪師雨盦倡組停雲社，西堂與余皆廁其列。月泉分課，石鼎聯吟，未嘗有間。過從既密，於君之詩，亦寖假而默契神會。觕略論之，西堂天稟沖和，風致高雅，故所為詩不尚典砌，惟期平澹。其七絕輕靈流便，風神娟美。五七律亦峻整可誦，略無生澀奧衍之病。至雜言諸篇，則氣體蒼秀，遐思飈舉，最稱力作。綜觀各體，要皆以學力運其精思，以才情成其馨逸，而風格才調，一如其人。昔彥和論體性，謂安仁輕敏，故鋒發而韻流。士衡矜重，故情繁而詞隱。觸類以推，表裏必符。余既友西堂且誦其詩，益信彥和之言非謬。頃者，西堂輯其舃作，欲付剞劂，而索余一言以為敘，爰志其因緣崖略如是，非敢言敘也。民國七十三年歲次甲子同門弟張夢機書于師橘堂

二、跋

一九八四年

沈秋雄〈西堂詩稿跋〉

余友西堂尤信雄教授，彰化秀水人也，風儀駿爽，有殊才，早歲從先師湘潭李漁叔先生游，商榷詩法，得授金鍼，遂爾唾咳珠玉，蜚聲儕輩。漁叔師贈聯嘗有中原人物似君無之句，其見賞重如此。

爾來十餘年西堂為上庠諸生講授詩學，造就多士，而吟詠靡輟。觀其所興感嗟歎，愈益臻於蘊藉沈著，波瀾老成。信乎植根厚深則其枝葉竣茂，發源高邁則其委派浩淼，理固然也。

頃西堂啟理筐笥，擇其尤愜於心者若干首，釐為五卷，彙成一編，將以面世。吾知賢者之讀其詩，將如飲醇醪，自能辨其味之遠近厚薄也。雖然，以余與西堂先後為同學暨同事，又並屬停雲為社友，過從既久而頻，稔知其為人，今茲重讀斯編，蓋不能無所感焉。夫人生而靜，天之性也；應物而動，發於心，形於言，衡繫於音聲，而詩興焉。故言詩者必歸本於性情。西堂固端厚謹慎，篤於禮數，其平素立身溫雅，出辭沖夷；及其與二三知己晤對，則又跌宕放言，頗見其志。今誦其詩，大率中和淡漠之旨，而磊落不平之英氣時復一露。揆其所作，驗其平生，若合符節。昔人所謂言為心聲，無可遁逃，不其然耶！而余尤深慨於世變方殷，滄海揚塵，哀樂中人，雖賢者不免也。讀者籀其詩，將以迹其志；若徒翫其藻繢之麗，賞其律度之士，竊恐猶未為知音也。歲在甲子禹曆正旦同學弟伯時沈秋雄謹跋於雲在龕

三、題辭

一九八三年

成惕軒〈西堂詩稿題辭〉

蓬嶠今詩藪，看君大纛張。萬靈歸妙悟，一卷占清光。近體推明秀，餘音接混茫。定知繩祖武，先後兩西堂。癸亥二月成惕軒

國家圖書館出版品預行編目資料

尤信雄詩集
尤信雄著. – 初版. – 臺北市：臺灣學生，2019.03 面；公分
ISBN 978-957-15-1790-2 (平裝)
851.486　　　　　　　　　　107023335

尤信雄詩集

著 作 者　尤信雄
主　　編　林佳蓉
編輯助理　蕭如耘、陳佩峧
出 版 者　臺灣學生書局有限公司
發 行 人　楊雲龍
發 行 所　臺灣學生書局有限公司
地　　址　臺北市和平東路一段 75 巷 11 號
劃撥帳號　00024668
電　　話　(02)23928185
傳　　眞　(02)23928105
E-mail　student.book@msa.hinet.net
網　　址　www.studentbook.com.tw
登記證字號　行政院新聞局局版北市業字第玖捌壹號
定　　價　新臺幣二〇〇元
出版日期　二〇一九年三月初版
ISBN　978-957-15-1790-2

封面圖案：明代仇英「水仙蠟梅圖」(局部)，故宮博物院藏。